Virginia H. Sobota

Don Quijote cabalga entre versos

Dirección editorial: Raquel López Varela
Coordinación editorial: Ana María García Alonso
Maquetación: Cristina A. Rejas Manzanera

© de cada poema, su autor
© de la selección, Antonio A. Gómez Yebra
© de las ilustraciones, Juan Ramón Alonso Díaz de Toledo
© de la edición, EDITORIAL EVEREST, S. A.
Carretera León-La Coruña, km. 5 - LEÓN
ISBN: 84-241-1626-7
Depósito Legal: LE. 361-2005
Printed in Spain - Impreso en España

EDITORIAL EVERGRÁFICAS, S. L.
Carretera León-La Coruña, km. 5
LEÓN (España)

Atención al cliente: 902 400 123
www.everest.es

Don Quijote cabalga entre versos

Selección de
Antonio A. Gómez Yebra
Ilustrado por
Juan Ramón Alonso

EVEREST

CAPÍTULO XXII

*De la libertad que dio don Quijote a muchos
desdichados que, mal de su grado, los llevaban
donde no quisieran ir*

Cabalgan por un camino
don Quijote y Sancho Panza,
cuando ven a doce hombres
que, encadenados, avanzan.
Les vigilan otros cuatro
con escopetas y espadas.

Quiere saber don Quijote
del porqué de sus desgracias
y ellos le cuentan sus cuitas.
Tras escuchar sus palabras,
sin pensárselo dos veces,
ataca presto a los guardas
librando a los galeotes
con la fuerza de su lanza.

Les pide el buen don Quijote
que, para darle las gracias,
se dirijan al Toboso,
donde reside su amada
Dulcinea y que le cuenten
tan extraordinaria hazaña.

Pero ellos lanzan —ingratos—
una lluvia de pedradas
contra Sancho y don Quijote,
los desnudan y se escapan
cada uno por su parte.

Aventuras por La Mancha,
sigue soñando el Quijote,
aun recordando el refrán:
"que el hacer bien a villanos
es echar agua a la mar".

José Javier Alfaro

DON QUIJOTE Y LOS CABREROS

En un lugar de la Mancha
del que ni yo ya me acuerdo,
ricos tasajos de cabra
hervían en el caldero,
y el vino iba y venía
en gruesas copas de cuerno.

Presentóse de repente
un hidalgo caballero
que iluminó con su brillo
la noche de los cabreros.

–Si comen seis, comen ocho
–razonaron los manchegos–,
y a don Quijote invitaron
y también a su escudero.

Y aunque honra de caballeros
es no comer en un mes,
don Quijote se dio el gusto
del derecho y del revés.

Silvia Álvarez

CLAVILEÑO

Por las sendas azules
del firmamento
cabalgando feliz
va Clavileño.

Alígero le llaman
porque es ligero
y vuela como el aire,
alado y bello.

Montan sobre su lomo
un caballero
y un campesino humilde
que es su escudero.

A la gloria los lleva,
corcel del viento.
Sus pies hollan las nubes
y los luceros.

¡Quién fuera don Quijote,
buen Clavileño,
y alcanzara contigo
todos sus sueños!

Juan Ramón Barat

BÁLSAMO DE FIERABRÁS

Partióme un rayo en dos, qué desventura,
mas di en el botiquín con un frasquito.
Sopléle el polvo, y leí el escrito:
  "Bálsamo de Fierabrás, todo lo cura.
  Si pierde un miembro, actúe con premura.
  Encájelo con mucho cuidadito,
  dé un buen trago del líquido bendito:
  Pegado lo hallará, y aun sin junturas".

Seguí las instrucciones al respecto,
y además de seguir en dos partido,
brotóme en ambos yos un sarpullido,
que afea aún más su ya penoso aspecto.
¿Qué dice sobre esto en el prospecto?
  "Quien caballero no haya sido ungido
  este remedio tiene prohibido,
  pues pueden ser adversos sus efectos."

La cosa tiene fácil solución,
a fe mía, que es una nadería.
Si se trata de la caballería,
don Quijote en un rato la logró.
Mas… ¿Qué dice en pequeño en el tapón?
¡Muere aquí la esperanza que tenía!

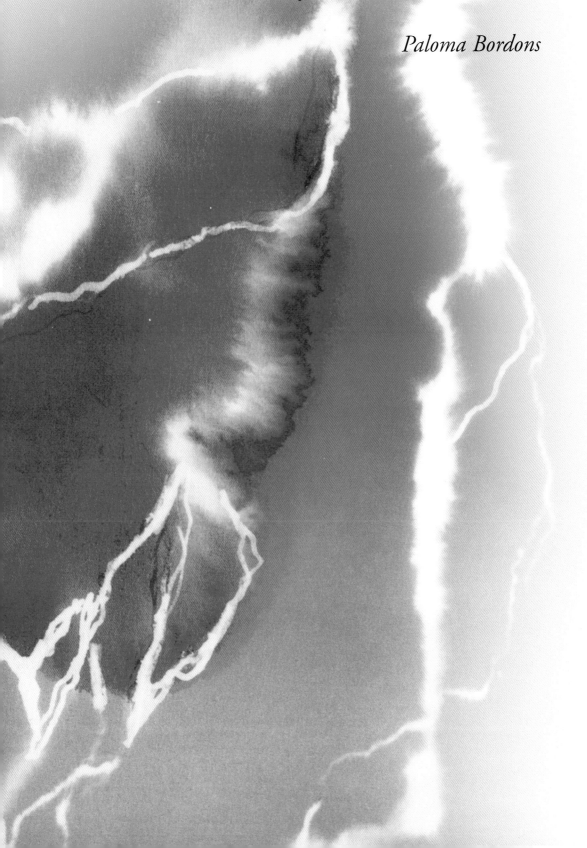

"Este ungüento de singular valía
caduca al fin de 1602."

Paloma Bordons

MARITORNES

Maritornes es criada
       de una venta del camino,
       donde don Quijote y Sancho
       llegan más muertos que vivos.

La buena de Maritornes
       con un candil en la mano
       corre para recibirlos
       y ofrecerles sus cuidados.

Es esta moza asturiana
       ancha de cara y cogote,
       tuerta y de corta estatura…
       ¡Pero al verla don Quijote,

la encuentra fina de cuerpo
       como dama principal!
       (La buena de Maritornes
       nunca se vio en nada igual.)…

¡Maritornes, la asturiana,
       ancha de cara y cogote,
       se vuelve bella princesa
       en brazos de don Quijote!

Sus greñas son pura seda,
su agrio aliento, dulce aroma,
y sus andrajos, vestidos,
dignos de una gran señora.

Pero ¡pobre Maritornes!
sin entenderlo ni un poco…
acaba molida a palos
por un arriero celoso.

Molida a palos con Sancho
y también con don Quijote,
¡Vaya suerte, Maritornes,
ancha de cara y cogote!

Alicia Borrás Sanjurjo

¡AY, NO, DON QUIJOTE, NO!

–¿Será aquello que se ve,
a lo lejos, un castillo
con torres y capiteles
y su puente levadizo?
–¡Ay, no, don Quijote, no!,
otra vez se ha confundido,
que es sólo una venta más,
como tantas del camino.
–¿Será acaso que un enano
da señal de mi venida
tocando con su trompeta
una bella melodía?
–¡Ay, no, don Quijote, no!,
otra vez se ha equivocado,
que es el porquero quien toca
su cuerno desafinado.
–¿Y será acaso el alcaide
de tan noble fortaleza
quien me ofrece estos manjares
cuando me siento en su mesa?
–¡Ay, no, don Quijote, no!,
otra vez lo ha imaginado,
que el ventero le ha servido
un desabrido pescado.

Liliana Cinetto

MOLINOS O GIGANTES

Reían los molinos.
Callaban los gigantes.
Los vio con su escudero
el caballero andante.

Gigantes o molinos.
Molinos o gigantes.
Con don Quijote a cuestas
temblaba Rocinante.

Y con su lanza en ristre,
tan loco y arrogante,
contra uno arremetió
el caballero andante.

Las aspas le rompieron
su sueño en un instante,
movidas por el viento
furioso y desafiante.

En el suelo, quimeras.
Maltrecho, su talante.
Sus ojos se cubrieron
de lágrimas brillantes.

Giraban los molinos.
Huyeron los gigantes.
Ensueños y visiones
del caballero andante.

Antonio García Teijeiro

LA DULCE DULCINEA

Dicen que vive en aldea
de nombre ilustre y famoso
la muy dulce Dulcinea,
Dulcinea del Toboso.

Es princesa del pimiento,
emperatriz del guisante
y dama del pensamiento
de su caballero andante.

Tiene un genio tremebundo
y luce espeso bigote,
pero es la mejor del mundo
a los ojos del Quijote.

Me cuentan que cabe, entero,
en su boca un gran melón.
Según su audaz caballero,
su boquita es de piñón.

La doncella usa refajo;
cuando canta, desafina;
sus pelos son de estropajo…;
mas él la encuentra divina.

Aunque todos la ven fea,
él defiende con firmeza
que es la dulce Dulcinea
la reina de la belleza.

Por mi parte, estoy segura,
tiene el hidalgo razón:
"La verdadera hermosura
se ve desde el corazón".

Mª del Carmen Gil

RUCIO

Uno piensa que soy as,
otro opina que as no soy;
yo, hi-haaa, hi-haaa, hi-haaa,
corriendo tras Sancho voy.

Algunos me llaman burro
porque hago algunas burradas,
yo, hi-haaa, hi-haaa, hi-haaa,
rebuzno y suelto patadas.

A quien me dice jumento
de ojos tristes y saltones
yo, hi-haaa, hi-haaa, hi-haaa,
le hago darse trompicones.

Muchos me nombran pollino
casi casi como insulto,
yo, hi-haaa, hi-haaa, hi-haaa,
no me molesto ni oculto.

Se me considera bruto,
lacio, lento, torpe, sucio,
yo, hi-haaa, hi-haaa, hi-haaa,
para Sancho soy su rucio.

Soy asno, burro, jumento,
soy pollino, rucio, rucho,
por más borrico que sea
Sancho a mí me quiere mucho.

Antonio A. Gómez Yebra

SANCHO PANZA

Siempre en su burrito
de luna naranja.
¡Corre que te alcanzo,
señor Sancho Panza!,
murmura la nube
besando la escarcha.

Golpecitos con el pie:
Corre, trota, corre,
que el sol te reclama
entre los olivos
de las manos blancas.

Con gestos:
Cara de sandía,
corazón de hogaza,
cuerpo de peonza,
de miel tu palabra,
repiten las aves
todas las mañanas.

Con palmadas:
Sancho, Sancho, Sancho,
Sancho, Sancho Panza.

Fiel a don Quijote
por la Mancha
marcha:

Con voz fuerte y preocupada:
¡Que no son gigaaantes,
que no son gigaaantas,
que son los molinos
que agitan sus aaaspas.
Señor don Quijote,
¡qué cosas le pasan!

Con palmadas entre varios:
¡Molinos de viento,
molinillos de agua,
que no son gigantes,
que no son gigantas!

Con voz suplicante:
Llévame en tu burro
de luna naranja;
yo quiero ser Sancho,
Sancha, Sancha Panza.

Con palmadas:
Panza, Panza, Sancho,
Sancha, Sancha Panza.

Voz de Sancho Panza:
Montad en mi burro,
niños, niñas magas,
que a todos os llevo
a plantar de rosas
la isla Barataria.

Todos a la vez repiten la última estrofa.

José González Torices

BIEN OIRÉIS LO QUE DIRÁ

Venid, niños: hagamos un don Quijote,
como un muñeco de nieve, lanza en ristre,
caballito Rocinante de madera
y el yelmo de Mambrino sobre la cabeza;
Venid niñas, y escuchad las palabras
del caballero de la triste figura,
que bien oiréis lo que dirá:
"Nunca fuera caballero
de damas tan bien servido
como fuera don Quijote
cuando de su aldea vino:
doncellas curaban dél,
princesas de su rocino".
Venid, niños, cuidad de él como pajes,
pastorcillos o querubines del cielo
y hablad de lugares fantásticos
de cuyo nombre no os acordáis,
llanuras y montañas y valles por donde
cabalga un caballero de cuerpo enjuto
pero alma de elefante volante andante.

Juan Kruz Igerabide

24

25

EL GALGO

Al pie de Alonso Quijano,
igual que un haz de sarmientos,
el galgo está ardiendo en pulgas
y muerto de aburrimiento.

Como no caza su amo
sino palabras y anhelos,
las horas las pasa todas
entre rascón y bostezo.

De pronto ha visto salir
a don Alonso muy puesto:
adarga, lanza, celada,
y ladra con aspaviento.

Por los campos de la Mancha,
flaquilargos y contentos
van Rocinante y el galgo
y el ilustre caballero.

Y el viento toca en el arpa
de las costillas del perro
la música interminable
de quien va a cazar un sueño.

Reinaldo Jiménez

EL BARBERO Y DON QUIJOTE

El barbero, barba a barba,
barbarea a don Quijote
y le pasa la navaja
por su delgado cogote.

Mientras la barba le afeita
don Quijote se ha dormido,
sueña con su Dulcinea,
con gigantes y molinos.

Al mirarse en el espejo,
pega un brinco don Quijote:
—Dime, barbero, qué has hecho
con mi barba y mi bigote.

—¿No veis, señor caballero,
que es bueno cambiar de imagen,
arreglarse más el pelo
y estrenar un nuevo traje?

–No me repliques, barbero;
aunque es triste mi figura
sigo siendo un caballero
muy a gusto en mi locura.

Manuel Jurado López

LA AVENTURA DE LOS BATANES

Caminaba don Quijote,
junto a su escudero Sancho,
por los campos de Castilla
secos, áridos y anchos.

La noche era muy oscura.
Sancho iba muerto de miedo.
La mano frente a la cara
y no se veía ni un dedo.

Iban ya muy fatigados
y con mucha, mucha sed.
Prado arriba iban a tiento
buscando donde beber.

De pronto en aquel silencio
tan oscuro y tenebroso
se oyó el murmullo del agua
y se sintieron dichosos.

Pero enseguida otro ruido:
crujir de hierros, cadenas,
golpes secos a compás…
¡Imagínense la escena!

Sancho tenía tanto miedo
que sintió deseos de hacer
aquello que don Quijote
no podía hacer por él.

Como no quería alejarse
de su caballero andante
su ansia se volvió rumor
con un olor penetrante.

–¿Qué sonido es ése?, Sancho.
¿Qué estás haciendo, infeliz?
–le preguntó don Quijote,
y tapándose la nariz.

–Retírate tres o cuatro.
No me faltes el respeto.
–Es su culpa –dijo Sancho–,
que me metió en este aprieto.

Mientras ellos discutían
empezó a salir el sol
y les descubrió el misterio
brillando como un farol.

Siete mazos de batán
al pie de unas peñas vieron;
la fuente de tanto espanto
la causa de tanto miedo.

Pasmóse y enmudeció
el hidalgo caballero.
¡Qué ridículo, qué tonto
el pavor de su escudero!

Fue entonces que don Quijote
queriendo esconder su risa
trató de disimular
mirándose la camisa.

Con las mejillas hinchadas
guardando la carcajada.
y a punto de reventar
Sancho Panza se encontraba.

Luego al mirarse uno al otro
se alborotó el avispero:
por poco mueren de risa
don Quijote y su escudero.

Georgina Lázaro

TERESA PANZA

Teresa
es mi nombre,
mondo y lirondo,
sin añadidura,
que no fui ni doña, ni señoría
y si llegué a gobernadora
apenas duró más de un día.
Hija de labradores,
aprendí de la tierra, la vida
y entendí que en esa fiesta
disfrutar me tocaba a mí
con los humildes, en la cocina.

Panza,
el apellido que recibí de mi marido,
el iluso Sancho,
que por mejorarnos quiso
pasar de pastor a gobernador
y en lo que fue a dar,
no te lo digo
que bien sabes tú
que ni trajo alhajas, ni vestidos,
ni condados, ni ducados,
sino palos y más palos
que ¡hay qué ver cómo me vino
después de tanto camino!

Vámonos a casa, Sancho,
y disfrutemos de lo sencillo,
pues ya bastante regalo ha sido
que después de cuatro siglos
nos conozcan hasta los niños,
que hay que ver la magia
que tiene lo bien escrito
que yo, que no supe leer,
me veo hoy leída,
celebrada y reída
en el mismo castellano
que compartimos
y en otras lenguas mil,
que ni siquiera he oído.

Pilar Lozano Carbayo

SON DE MOLINOS

Muelen moliendo memorias
los molinos del Quijote.
En recuento de victorias,
en batallas de mentira:
al vencedor va la gloria,
al que pierde se le olvida.

No importa que el enemigo
se disfrace de molino,
el héroe sabe el engaño
debajo de ese vestido.
Máscaras o muchos años
no confunden su destino.

Muelen moliendo visiones
los molinos del Quijote:

en el juego de peones
–regla de caballería–
gana el que tiene mejores
armas que las armas frías:
un corazón desvelado
que se arropa en la locura,
un ángel enamorado
para el que no existe cura,
un camino ante los pies
que conduce a la aventura.

Muelen moliendo poesía
molinos del Caballero
de eterna y triste figura.

Teresa Melo

LA VELA DEL AMA

Silbironca que te ronca,
ronquisilba que te silba;
don Quijote se pasea
sueño abajo, sueño arriba.

Junto a su cama está el Ama
con una vela encendida
que embelesada lo vela,
que desvelada lo cuida,
y afligida suspillora
y después llorisuspira,
y la llama de la vela
ante el Ama dancigira,
dancigira y giridanza
—¡llama altiva y llamativa!—
a la par que don Quijote
silbironca y ronquisilba…

… Mas ahora chillisopla
preso de una pesadilla
sofocando a llama y Ama
soplichilla que te chilla.

Mar Pavón

YELMO DE MAMBRINO

He visto por el camino
venir un hombre a caballo
que resultó ser pollino.

Y si pollino el caballo,
el yelmo que relucía
resultó latón barato.

El oro del sol engaña
con su brillo los metales
y hace reyes de gañanes,
ejércitos de rebaños,
gigantes de los molinos.

No sé si viste lo mismo,
pero en la vida hay también
gente como el tal Mambrino
que cuando pasan los días
y va avanzando el camino
dicen que decir decían
y el oro de sus palabras
se queda sólo en bacía.

José Antonio Ramírez Lozano

DIALOGUILLO
ENTRE ROCINANTE Y EL RUCIO

Por un lugar de la Mancha
cuyo nombre no recuerdo,
Rocinante iba soñando
entre campos de viñedos.
Y el rucio de Sancho Panza,
que es un asno chocarrero,
con un rebuzno, le dice:
—¿Tú quién eres, compañero?
—¿Qué quién soy yo, me preguntas?
¿Es que no ves, burro necio,
que soy el gran Rocinante,
caballo de un caballero?

–Pues perdona mi ignorancia,
pero al mirarte no veo
ese caballo que dices,
sino una jaula de huesos.
–¿Y qué quieres, rucio tonto?
Del hambre estoy medio muerto,
pues mi amo don Quijote,
en vez de alfalfa y centeno,
como es caballero andante,
me alimenta con sus sueños.

Carlos Reviejo

LA MANCHA

Lugares de La Mancha…
Paisaje abierto
donde la viña extiende
su verde fresco.

Fuego de arcilla roja
sobre los campos,
horizontes azules
y pueblos blancos.

Por esta gran llanura
va don Quijote.
Subido en Rocinante
cabalga al trote.

Recorre enamorado
villas y aldeas
soñando con su dama
que es Dulcinea.

Embiste a los rebaños
con fiera lanza
y tiene un escudero
que es Sancho Panza.

Ve malvados gigantes
donde hay molinos,
pero ayuda al que encuentra
por los caminos.

La Mancha es una tierra
donde está entero
el espíritu noble
del caballero.

Ana María Romero Yebra

SANCHICA PANZA

Mozuela Sanchica Panza,
hija de Teresa Panza
y un sentencioso escudero
que tiene por caballero
al Hidalgo de La Mancha.

Mozuela Sanchica Panza
tiene del pueblo a su entrada
casa y madre, madre y casa,
y ausencia del padre Panza
que gobierna Barataria.

Mozuela Sanchica Panza,
del linaje de los Panza,
nacidos con un costal
de refranes en la entraña
que a cada paso derraman.

Mozuela Sanchica Panza,
sabe hilar, no lee migaja,
y ansía que su buen padre
vista calzas, pedorreras,
o papahigos mañana.

Mozuela Sanchica Panza
aunque te piensen papesa
y con voluntad de alhajas
tú te sabes aldeana
y Mozuela de La Mancha.

Antonio Rubio Herrero

VELANDO LAS ARMAS

Velando estoy mis armas
a la luz de la luna,
para ser caballero
de elegante figura,
pues mañana me esperan
mil y una aventuras,

La noche es larga,
cierro los ojos
porque no quiero
verme tan solo.

Y hasta mi lado
baja una estrella
para quedarse
de centinela.

Aunque hace frío,
suda mi frente.
¿Serán los nervios?
¿Será el relente?

Por fin, la ceremonia
termina con el alba.
Que huyan los cobardes,
don Quijote cabalga
sobre su Rocinante.
¡Vamos, ancha es la Mancha!

María Sanz